奇異果文創



奇思異想之果，溫柔革命閱讀

# 青春夢

奇魯｜著

# 目錄

# 閱讀奇魯《青春夢》

沈默｜推薦序

# 武俠老情歌

——《青春夢》分為正文與後傳，兩者皆配搭有由林起風所畫的圖像，小說內文則是直接以張洪量〈青春夢〉、動力火車〈鎮守愛情〉的流行音樂為基底展開人物與敘事，非常奇魯式的雜談與小說情節共同前進纏結的漫遊性書寫風格，這在武俠領域裡無疑是個相當新鮮極具意思的作法——更早以前的金庸作品集並不能算是武俠圖文書，其中備有的插圖到底只是點綴用，份量與小說不可相比，奇魯這本《青春夢》或者更像王家衛《東邪西毒》終極版附贈、採用一段台詞搭配一幅影像寫眞另出心裁格式的別冊——顯然奇魯作為一武俠人無可忘懷人生前期的眞實般切心聲，俱已附著於此圖文書之中。

一直以來，我認爲奇魯書寫最好的部分就在他對人的軟弱與不堪的發現，以及憐憫理解。他總是能夠直直白白地透露人性裡頭的殘破缺漏。這裡面是誠實的，也是又痛苦又艱難的。他逼迫著自己去示範如何發覺自身的失敗與無能——

奇魯的思維就像是他的名字一樣：奇異的魯蛇（Loser），他幾乎站在整個世界人人都是魯蛇、沒有誰眞正勝利的基點上依依深深地自白著縱使被報廢被遺失被棄置成陌生的陌生邊緣的邊緣之際他依舊跌跌撞撞抱持信念：「**儘管有時候，不論我**

們如何的努力，終究也只能是別人故事裡的路人甲；而也有些時候，某個路人甲也會突然的在我們的生命中留下不可磨滅的痕跡。」

於是，《青春夢》的情境是懷舊的，是對逃得遠遠的過去的聲聲切切召喚。

正文且令我連結到侯孝賢的電影如《最好的時光》（三段式電影，巧合的是第三段就叫「青春夢」，第二段「自由夢」裡處理青樓藝妲的情愛也與《青春夢》正文的情調相仿）、《海上花》，哀愁哀愁的，好像陰翳與色彩一起共構出最不好說但又最癡纏難休的人生華麗悲傷美學；後傳的部分寫到諸葛巽的眞實身分，亦不免多有聯想，比如徐克延續前作《新龍門客棧》而來的《龍城飛將》裡客棧女老闆扮成周懷安心心念念的死去女劍客的兀自期盼能夠替代的情亂思迷舉動。

奇魯寫起情感來，還眞是不害不臊，盡顯對青春溫醇美好的回顧，果然是人間大叔的溫情王道風範，不避不讓，譬如「很幸運的，再次遇上曇花，讓我看到自己內心最自私的、最幼稚的一面。可是此刻我的心中已經來不及裝下羞赧與悔恨。因為此刻，或許已經是這輩子的盡頭了，混帳就徹底的做一個混帳吧！」或者「當年，突如其來的，她，帶著劍闖入我的生命裡。我和她是因劍而相識最後也因劍而分離。我跟著她學劍、練劍，然而慢慢的對於劍術的領悟有了歧異，終於爆發爭執，就此分手。／我很久以後我才了解，其實是我太在乎她，所以一心想在她熱愛的劍術中求得肯定、求得她的傾慕，想想其實是本末倒置了。／而自從失去她，我也不再練劍了。」等等，都在在演示著他對人與情感的複雜解讀。

而這也令我想起葛蘭姆．葛林／Graham Greene小說《史坦堡特快車》裡一段精彩得教我發毛寒顫的描述：「……可是她下定決心不說話。要她說話，要她形容自己的痛，要她開口求救，就等於那一剎那他的臉就會從心頭消失……我不要是那個先忘記的人，她固執地想，同時不斷地和其他爭先恐後想冒出頭的影像對抗……以及腦海裡漸漸升起，竟然想將她要對抗的影像也奪去的一片暗黑對抗。／我記得。我沒有忘記。可是她終究忍不住叫了出來，而她的叫喊聲太小，小得讓轟隆的汽車引擎聲給淹沒了。因此華倫只聽到那叫喊之後的又一聲低語：『我沒有忘記。』

奇魯記得，奇魯沒有忘記，他不遺忘自己以及更多其他人的九零年代，那個遙遠的青春年少時期。他絲絲念慕愛與傷害。他的叫喊與低語都在《青春夢》裡發酵著。奇魯拒絕成爲先忘記的人。他必須對抗遺忘與時間。他並不頻頻回首。奇魯曉得日子與人生都要繼續走下去。但他沒有輕易忘記。他沒有。奇魯認認眞眞地凝望那往昔的遠處傳導回來的層層迴響，彷彿他陷入自身的低語。

如此，《青春夢》必須是情歌調性的，必須從此一面向去發展武俠與生命觀察。而《青春夢》亦自自然然是奇魯爲還願意相信（包含相信武俠）的人們所點播如同呂方名曲〈老情歌〉

的圖文書——

而情歌終究是會老的，情歌一旦老去，它也就只能是某些人心頭裡縈繞不去層疊追索黑暗中的回音。如今，大半身子都埋進墓穴裡頭的武俠也已經老了，也已經被許多人遺忘丟失了，深深地扔到灰暗的深淵以下，再以下。武俠的叫喊業已演化成只有少數人才能聽見的低語，散發著只有少許人願意繼續目擊的淡淡微光。唯奇魯仍然執執著著地唱著他的武俠老情歌，又軟弱又困惑但終歸持續下來了在他的寂寂寞寞的武俠路上。而事情真的會如他所寫下「**我一直深信，堅持的本身就會帶來報**

**酬**」嗎？他的念念不忘，真的能夠換取美好的回應與明白到來嗎？

我沒有那麼確定。但至少堅持的本身就是堅持者的報酬這件事我還相信著。

「**因為還有重量，所以才有力量走下去吧！**」奇魯說，這不正是對還是要相信自己與人生啊廢材們最深刻誠摯的激烈鼓舞呼喊嗎！是啊，「**混帳就徹底的做一個混帳吧！**」這或許才是魯蛇如他的奇異進擊吧！

# 青春

# 夢

（註）

註：以上曲目以及文中若干文句皆是抄自張洪量的專輯「青春夢」。

# 曲目 零壹

我們其實都不願意長大

# 曇花

——我一直相信，生命中總有那麼一些個時刻，會深深撼動到內心的最深處，其他的時候，不過是在等待、彌補、追憶這一些時刻而已。

對我而言，那一個時刻發生在十七歲赴考那年，我遇見曇花。那年，上京應試，錯過了宿頭，一個人獨行在官道之上。那天是十八，月尚圓，星斗滿天。

曇花就這樣一身白的出現在路邊小山坡上。說實在是有點駭人的，不過月光自斜前方照來，在曇花身後朦朦朧朧的拉出斜斜一條影子，我才定下了心。

也不知是怎麼開始的，大約是曇花叫住了我，並肩一起坐下，就這樣聊了起來。聊些什麼早就忘了，只記得那時，我們都正值生命階段的轉變，對於未來充滿徬徨與茫然。我們都清楚知道，明天或許會更好，但多半不會。

我們其實都不願意長大。

還記得她一邊說話一邊剝著荔枝，順手塞了幾顆給我，那如白玉般的小手曾經有那麼一瞬間搭上了我的掌心，但多年以來，不論我怎麼的努力追憶都回憶不起那時的觸感，想得起來的，只有吃完的荔枝核緊緊捏在掌中慢慢變熱的感覺。或許，那一切只是我的想像，我根本從未碰過她的手。

月光照得她半身是光，半身幽黯，圓圓的臉上一點朱唇勝血。這是我對她僅剩的一點印象。我甚至連她的名字都不知道。只有一身白衣和淡淡的香氣。

回憶總是在不期然時觸動著我，沒來由的，我想起曇花。很想再見到曇花。

曇花——沒來由的
*Epiphy hum*

彩墨
*Aquarene 60×85cm*
*2014*
*Forn Lin*

很想再見到
她一邊說
話一邊
對著荔枝
順手塞
幾顆給
我
鄧石如

# 曲目 零貳

有時活著不若死的好

# 殺手輓歌

——有人說，從前越不願做的事，將來往往越容易遇到。

人生很荒謬。身為士族之後，讀書求取功名本是天經地義，但天下動亂，兵連禍結，一心赴考，待到得京城，卻已變天，應試無門，又逢戰亂，幾年的流離失所，只剩得孑然一身，在南山結廬，漁樵為生，過著從前未曾想過的生活。很辛苦，可是我很努力珍惜這一點小小的平安的幸福。

和小虎相依為命是老天在這荒謬的時代裡再次降臨在我身上的另一件荒謬的事。

我常在想，當初一時心軟，在那蔓草堆中撿起奄奄一息的小虎，對小虎而言，是好還是不好。有時活著不若死的好，小虎本來應該咆哮山林，舉止生風，如今卻只是慵懶的蜷伏腳邊，偶爾發出哀怨的低吟。

或許小虎並沒有想這麼多，只是單純的想和我在一起而已。可是我沒那樣期望，如果可能的話，我希望小虎能回歸山林，成為群獸震服的王者，那才是原本應該屬於小虎的精彩生命。不過我不是小虎的父母，沒有辦法教給小虎什麼本事，小虎跟著我，連路邊的野狗都能欺負牠。我不知道小虎喜歡我什麼，跟著我吃不飽，又不自由，我只不過是在他還小的時候餵養過他。這算得上是什麼嗎？

小虎不說話，我得不到回答。不過如果有下輩子，我和小虎還能重逢，我只能偷偷的奢望是我變，小虎不要變。

**殺手輓歌**——有時活著不若死的好
*Elegy of a killer*

彩墨
*Aquarene 60×85cm*
*2014*
*Forn Lin*

如果有
下輩子
我和小虎
還能畫邊
我只能偷
偷的奢望
是我變
小虎
不要變

# 曲目 零參

永遠回不去的

# 青春夢

——夜深忽夢少年事，醒來深深被恐慌與哀傷圍繞。

元月十五，看花燈，卻沒想到能再次見到曇花。匆匆的一個照面，她轉身進了巷子。我猶豫了一下，追過去時已經不見人影。

相逢是如此猝不及防，讓我如今幾乎無法想起她的詳細的樣子，一方面是我自卑的不敢仔細端詳，另一方面是她最初的樣子太過深刻的烙印在我的腦海，以致於我無法再置換成她現在的樣子。

曇花顯得更加的清麗，腮幫子不像以前那般圓圓的，還有些小孩子氣，如今已經完全是一個成熟的美人兒了。可是我半夜驚醒，發覺，我想念的還是曇花過去的那個樣子。

或許我一心想念的，是那個不存在的，永遠回不去的青春夢。

儘管如此，我仍然希望再見到曇花。擔著柴，常常在城裡晃上一圈，期盼著能再見到曇花一面。然而樓閣深鎖，我總是找不到曇花。

不過因此認識了冷楓。

那一天，春風料峭、寒雨綿綿。我滿懷情愁，冒雨獨行，冷楓撐了一把油紙傘從旁走出，就這樣來到了我的身邊。

「這柴怎麼賣？」

「這柴溼了您還要嗎？」

冷楓愣了一下，然後給了我一個意味深長的笑容：「濕了會乾的東西都是無妨的。」

一直到認識很久以後，才明白他所謂濕了不乾的東西是指什麼。那其實顯而易見，每每充斥在冷楓指下，幸福且悲哀的曲調之中，只是我之前從未發現那竟然是如此的洶湧澎湃。

青春夢——永遠回不去的

*In my dream when you were*

彩墨

*Aquarene 60×85cm*

*2014*

*Forn Lin*

常常在城
裡見上
一圈期盼著
能再見到
曇花一面
然而樓閣深
鎖我總是
找不到
曇花

# 曲目 零肆

那一抹幸福的微笑

飄

——教坊的生活很苦。冷楓和曇花從小在教坊學藝，稍不如人意，動輒挨打挨罵，生命顯得極為苦難與卑賤。

相較冷楓，曇花自小顯得更為堅強與獨立，是冷楓無止境的幽黯生活之中唯一的一點溫柔。冷楓永遠記得那個白雪飄飄的寒冷夜裡，曇花抱住哭泣的自己，安慰著自己不管多苦，也要好好的在一起過下去。

如今曇花已成了名妓，冷楓也成了樂師，雖然朝夕相見，然而勾欄裡的生活卻像一堵無形的巨牆，分割封閉著彼此。回憶裡的情境，早已隨風而去、四散飄零。

冷楓無可奈何，然後發現了我。

冷楓說，是我屢屢低頭走過時偶爾閃過的那一抹幸福的微笑吸引了他。他以為那是他所欣羡的、無法擁有的那種情有獨鍾的笑容。

其實我也很羨慕他，至少可以和喜歡的人相處在一起，即使總是強顏歡笑，總是可望而不可及，也勝過我，懷抱著的只是一個不真切的回憶。

**飄**——那一抹幸福的微笑

*Gone with the wind*

彩墨

*Aquarene 60×85cm*

*2014*

*Forn Lin*

冷楓說是我
屢屢低頭
走過時偶爾
瞥過的那一
抹幸福的
微笑吸引
了他
他以為那
是他所欣羨
的無法擁有
的那種情
有獨鍾的
笑容

# 曲目 零伍

愛就注定了一生的飄泊

# 裝屌

——冷楓有一些江湖上的朋友，三教九流，其中最要好的要算是雜貨郎諸葛巽。諸葛巽賣的是雜貨，胭脂水粉剪刀針線等，都是樓子裡的姑娘十分喜愛需要的，因此長則數月，短則十餘天，總是可以看到諸葛巽背著貨郎架出現，這時冷楓總會溫上一壺酒，天南地北的一起聊上一聊。

諸葛巽是個奇怪的人。據說諸葛巽出身望族，卻放棄優裕的生活，寧願風塵僕僕的遊走江湖，謀一些蠅頭小利維生，也算是看破世情的通達人物。諸葛巽自己倒是有另一番說法，說什麼才智駑鈍，不見容於家中，因此只能飄流江湖，圖一個自在。

和諸葛巽在一起總讓人覺得快樂。因為會讓人忘記隱約壓在自己肩上的責任，那個屬於士族的、追求功名仕途的迷夢。連出身顯赫世家的他都甘於做一個卑微的走貨郎，門第早已沒落的自己，漁樵一生有何不可。

不過我對於這種流浪的生活覺得有點好奇。對我而言那並不是一種愉悅的生活情境。

居無定所，像風一般的飄泊，從一個鄉鎮到另一個鄉鎮，可曾覺得疲倦，可曾覺得想家？我這樣問過諸葛巽。他裝得很屌的說：「愛就注定了一生的飄泊。」（註）

註：劉墉的書名。

**裝屌——**愛就注定了一生的飄泊
*Fucking cocky*

彩墨
*Aquarene 60×85cm*
*2014*
*Forn Lin*

他裝得很帝的說愛就注定了一生的飄泊

# 曲目 零陸

總歸於落下的墜落、墜落

# 伊豆的舞孃

——隨著日子過去，我和冷楓越來越熟。他帶著我到勾欄裡頭逛一逛，沒想到遇上曇花。世事弄人，原來不過隔了一道牆，曇花一直都在這裡。

曇花似乎早已忘了我。但因為冷楓的緣故，在我面前歌舞了一曲。輕盈的轉身舞袖，裝飾的笑容掩不住眉目間流露的哀怨。所有的動作都像是要飛躍而起，卻總歸於落下的墜落、墜落。

看著看著，讓我心痛不已。我當下只有一個念頭，我想挽救她，離開這個無情的所在。

我需要錢，還有權。而我什麼都沒有。

「給我一個目標，」我對冷楓說：「需要如何，才能救出曇花。」

冷楓發愣了一會：「如意就是你的曇花？」這是我第一次聽到曇

花的名字。

我點點頭。

冷楓沒有接話，嘆了一口氣，搖搖頭轉身就回去了。

伊豆的舞孃——我想挽救她
*A dancer from ito*

彩墨
*Aquarene 60×85cm*
*2014*
*Forn Lin*

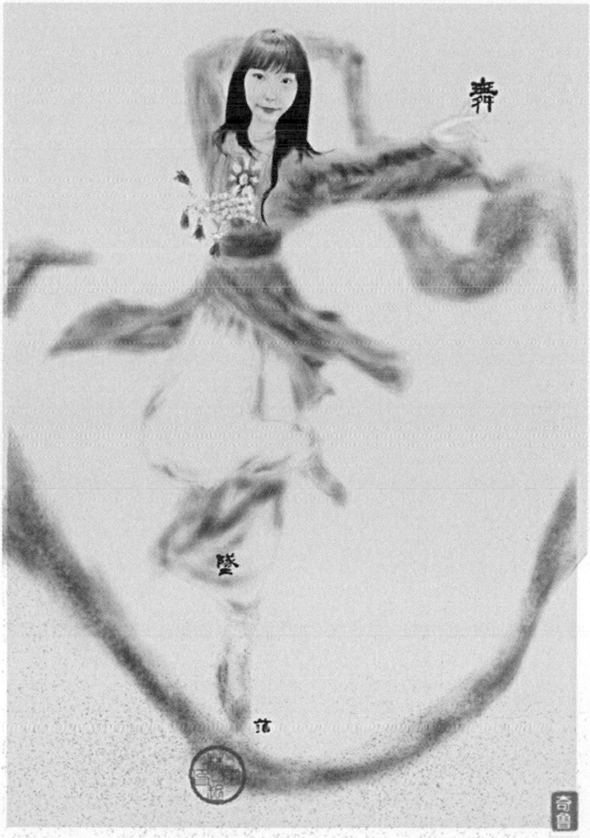

# 曲目 零柒

我的心撲通撲通的跳著

# 煙花坑

——她當了妓女，可貴的青春，全都獻給了陌生人，卻沒有人心疼。嫖客的醜陋，她已看得太多，所以不敢再愛任何人。(註)

只有你這人，拚了命存錢，就為了救她出火坑。冷楓趁著酒興向我說了一夜，滔滔不絕的，我很少看他醉成這個樣子。

「帶她走吧！」冷楓用力的握住我的肩膀道：「我幫妳安排，帶她離開這裡，越遠越好。」

我的心撲通撲通的跳著。我和曇花，未來將會是什麼樣子。我只是個清貧的小樵夫，有能力讓曇花幸福嗎？當夢境真正的逼近的時候，很讓人徨恐。

我輾轉難眠，接下來數天，冷楓卻顯得從來沒提過這事的樣子。

我等得有點心焦，卻莫可奈何，心中卻來越覺得，會不會那夜，醉的是我而不是冷楓。

註：以上這段抄改自張洪量的歌詞〈煙花坑〉

**煙花坑——我的心撲通撲通的跳著**
***Brothel***

彩墨
*Aquarene 60×85cm*
*2014*
*Forn Lin*

帶她走吧

# 曲目 零捌

提不起勇氣完成青春夢

# 夜市小戀曲

——清晨裡，突然有人來敲門。

諸葛巽橫抱著一個女人到來。那是曇花。

「收拾一下跟我走。」諸葛巽神色緊張的道。「我們要準備亡命。」

「亡命？」

「當紅的如意被我偷了出來，風月盟不會坐視不管的。」

「為什麼要幫我。」我身無長物，只有匆匆的拿了衣服和乾糧以及平日砍柴用的板斧，就跟著諸葛巽出門。

「不是幫你，是幫我自己。」諸葛巽似乎想起了些往事：「我也曾經愛過人！可是沒能有結果。」

「你愛的人呢？為什麼不去找她？」

「無情命運來戲弄，環境難相容，提不起勇氣完成青春夢。我思慕的人，枉費我的愛，冷酸的風引悲哀……」(註) 諸葛巽低吟著一段小調，當作是回答。諸葛巽將曇花交給我。我們倆選擇平日人煙稀少的小路走。沒多久，懷裡的曇花悠悠醒轉。

「為什麼我會在這裡？」

至此諸葛巽才將前因後果對我倆說。原來一切都是冷楓的計劃，用迷藥迷暈曇花，交給諸葛巽帶來我身邊，自己則留在裡面穩住消息，幫我們脫逃。

---

註：張洪量〈夜市小戀曲〉歌詞。

「為什麼男人總是那麼自以為是呢？你們和他都一樣，有沒有人問過我的心情。我不是丟來丟去的東西，叫我給誰就給誰。」曇花掙扎在我懷中站起，生氣的說完話後雙眼直直地落下兩行淚來。

這一番話說得我冷汗直流。我驀然驚覺，原來我這種自以為是的愛，和那些視女人為玩物的嫖客沒有什麼不同，同樣的自私與佔有。原來我根本不了解曇花，也根本不懂去愛人。

「我要回去。」

「我們好不容易才把妳弄出來。」諸葛巽雙眉都皺得連在一起。

「我不回去冷楓就死定了。你們不是裡面的人，不知道裡面的規矩。」曇花說得斬釘截鐵。

在這種義無反顧的眼神裡，我豁然領悟，眼前這個女人，是冷楓的如意，不是我的曇花。我的曇花，只活在多年前的那個夜裡。

「我知道了，不過冷楓換成我，也不會讓妳回去的。」我伸手拍向如意的後頸。

「你想怎樣？」諸葛巽會這樣問顯示他果然是諸葛家最不成才的子弟。不過或許諸葛巽只是想要我不要白白犧牲而已。或許冷楓早就將他的覺悟求得了諸葛巽的理解。我想冷楓就是這種人，因為換成我一定也是這個樣子的。

「我回去帶冷楓回來。」

諸葛巽看著我的眼神，搔搔頭也像是下定了某種決心：「為什麼我總是遇上一群笨蛋啊！」

「因為你也是個大笨蛋啊！」

夜市小戀曲——提不起勇氣完成青春夢
*A marketplace amoretti*

彩墨
*Aquarene 60×85cm*
*2014*
*Forn Lin*

為什麼男
人總是那
麼自以為
是呢你們
和他都一樣
有沒有人
問過我的
心情
我不是丟
來丟去的
東西叫我
給誰就給

# 曲目 零玖

我想我是一個笨蛋

# 因爲

——我想我是一個笨蛋，一無是處，早就無可救藥了。在這種困頓蒼涼的生命情境裡，想像著對曇花的愛情成為我活著的一點寄託。然而這種自以為是的愛情，在冷楓與如意的為愛犧牲之下顯得如此的愚昧與不堪。

很幸運的，再次遇上曇花，讓我看到自己內心最自私的、最幼稚的一面。可是此刻我的心中已經來不及裝下羞赧與悔恨。因為此刻，或許已經是這輩子的盡頭了，混帳就徹底的做一個混帳吧！我豁出去了，刀山劍海也要帶回冷楓。這種混雜著自我滿足的悲壯感與全心投入的興奮感，讓我覺得很充實。

也許我真是太任性了，不過我只有在此刻才覺得是真正的活著。

諸葛巽撿了幾顆石頭，從懷裡拿出一個碗大的盤子，上面畫了很多刻度以及文字，口中念念有詞的，拿著盤子對方向，東南西北的每走幾步就丟下一顆石子。

「你在做什麼？」

「布陣。家傳的一點玩意，可惜我只學到些皮毛，成不成就看天意了。」

「那我先回去找冷楓。」

「找到他之後，你們一定要想法子回來這裡。」諸葛巽還在低著頭擺石子，卻也不忘再三交代道。

因爲——我想我是一個笨蛋
*Because*

彩墨
*Aquarene 60×85cm*
*2014*
*Forn Lin*

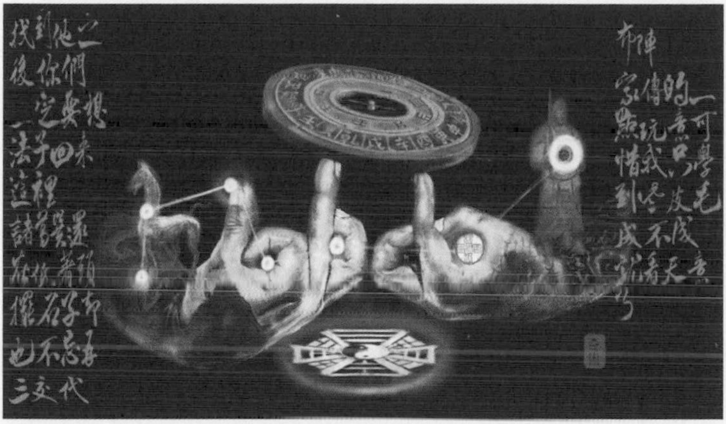

# 曲目拾

我這一生……

# 櫻桃的滋味

——「你為什麼要回來！」冷楓已經被打得半死不活，見到我仍然激動的問。

我實在不願意當著世人的面前說，不過「曇花愛的是你」還是不經意的脫口而出。畢竟現在不說以後或許沒得說了。

因為一群打手已包圍了我。冷楓東窗事發，風月盟早已嚴陣以待，要逃已經是不可能了。

雖然我盡力的揮舞著斧頭，但還是輕鬆的被踢倒在地，一陣拳打腳踢，痛得我涕淚俱下，五臟六腑彷彿都移了位，隨即被綁入地牢。

「說！如意藏在哪裡？」一個似乎是老闆的長鬚老頭子惡狠狠的逼問我。

「不說的話就殺了你。」就在眼前刀光一閃，自覺必死之前，冷楓掙脫了枷鎖，替我擋了一刀。血沾濕衣服在肩頭。

「老爺子對不起，我這條命是盟裡的，您要怎麼處置我都可以，可是求您放過他。」

「你……」老爺子似乎沒想到冷楓竟然會反抗，一時說不出話來。

冷楓一咬牙，手一揮彷彿變魔術一般就弄斷了綁在我身上的粗麻繩，抓著我的背從地牢中闖出，一些看守沒兩下就被打昏。

原來冷楓竟是深藏不露的武功高手，原本可以高來高去，可惜有武功又怎樣，重情念義，反而讓他比我這個平凡人更不自由。

一切景物都像在夢中一般迅速的後退，我還沒來得及表示出心中的驚訝、佩服、害怕以及感慨的五味雜陳時，我們已經來到了城外的山林。

我帶著冷楓回到和諸葛巽分手的地方，發現景色已然殊異，原本應該是青鬱的林子變成了氤氳飄渺、怪石鱗珣的斷崖。

我終年在山上打柴，卻不曾來過這等險境，心中正狐疑不定時，追兵已至。

猛然間一聲大吼，小虎憑空躍下。

沒想到小虎在這個時刻仍然不肯背棄我。

我拍拍小虎的頭，心中突然湧起一陣複雜的心情。明明是箭拔弩張的緊張場面，我卻不由自主的出了神。

我無可救藥的想起那個甜甜的夢，那個可以結廬人境、漁樵耕讀、與妻偕老的美夢。我突然對眼前這一切風花雪月都覺得很厭倦。

我不想再攪和了，我只是想要一點點幸福啊！我摸摸小虎的頭，望了望冷楓，然後縱身一跳。

櫻桃的滋味，是酸是苦還是甜，只有自己嚐過才知道。也許嬰兒、瘋子能感受的幸福比我們還要容易還要強烈，人為什麼不能隨著自己的直覺去生活，去體會單純的幸福。或許其實我們都比不上小虎。

很多事都在墜崖的瞬間才能真正領悟。

我這一生……其實很幸福。

**櫻桃的滋味——**我這一生……

*A taste of cherry*

彩墨

*Aquarene 120×170cm*

*2014*

*Forn Lin*

景色已然
殊異原本
應該是
子變成了
怪石
斷崖

# 青春夢

# 後夢

# 第一部分

一定會有以後

魯大可

——諸葛巽指著上方山峰上的一方岩角，道：「你看，那像不像是一個凝望遠方的人。」

我順著手指的方向看過去，那孤伶伶凸出在崖邊的一塊尖石，刀削似的鋒稜，看起來就像是一尊人像，連頭臉五官中都還似乎流露出一股神氣，的確是造化天工。

「相傳在很久很久以前，就有這麼一個男人，站在那兒等待著離開的愛人回頭，可是愛人從來沒有回來，於是他等著等著到最後就化成了石頭。」

那不就是小時候聽過的童話一樣嗎？巽一定又在隨口唬人了。

「不信？」諸葛巽道：「我唱首歌給你聽：『一定會有以後，我拿鐵石心腸鎮守著愛情，留給你一個回來的原因。／給我一個以後，淋著時間的雨我寸步不離，你是我留不住的生命裡，盡力

強留住的唯一。／一千年後，誰記得我，但我還牢記你輪廓，沒有倦容，還在等你回頭』……」(註)

看諸葛巽唱得忘我投入的樣子，我想他是不是唬我已經不這麼重要了，反正我又被他感動了。

或許，自從和冷楓與如意分手之後，我就變得容易感動起來。

從那後，我帶著小虎跟著諸葛巽四處逃亡，而認識諸葛巽這人越久越深，就越來越不清楚這個人說的話何時是真何時是假，越覺得這個人莫測高深。唯一能確定的是，他是一個好人，而我可以相信他。

註：動力火車〈鎮守愛情〉

——「我一直深信，堅持的本身就會帶來報酬。」

當我再三的問起諸葛巽的過往，與他那無緣的愛人的故事時，他停下腳步，緩緩放下貨郎架，抬頭望向比黃沙小道盡頭還要遠的遠方，那一瞬間的神情讓我想起那尊石像。

「人生只有一次，守候與遺忘同樣只是一種選擇。愛情需不需要用一生來完成？我不知道，可是就因為人生只有一次，所以也沒有什麼好後悔的。」

「難道你從不曾有感到難過與脆弱的時候嗎？」我其實想說的是：「我現在覺得好脆弱。」

巽揚了揚嘴角，沒有理會我，換個肩膀又抬起貨郎架：「因為還有重量，所以才有力量走下去吧！」

——我喜歡看人，看著來往擦肩的過路人，看他們走路的樣子，看他們臉上的表情，以及想像他們背後的故事。

儘管有時候，不論我們如何的努力，終究也只能是別人故事裡的路人甲；而也有些時候，某個路人甲也會突然的在我們的生命中留下不可磨滅的痕跡。

那天，我們在路過一座森林時，聽到林影掩映的不遠處傳來了女人叫喊的聲音。我當下衝了過去，只見一個男人跨坐在一個女人身上，正用力扯掉女人的衣服，女人則拚了命在抵抗。

我義憤填膺，大叫了聲「住手」衝了過去，那男子看見，放下那女人就朝我跳過來，那傢伙顯然是個練家子，過沒幾招，我被踢倒在地，那人正想一腳了結我的性命的時候，突然停止了動作。

我抬頭看，一把劍冷冷的抵在那男人的咽喉上。

這是我第一次看到諸葛巽的劍。很奇怪，我彷彿覺得用劍時候的諸葛巽像是另一個我從來不認識的人，冷傲，而且悲傷。

那女人有點可疑。問起她為什麼一個人走在這荒山野嶺，讓歹人有可趁之機時，她說了一個故事。

她遇上了一個流浪的劍客，毅然地決定跟著他流浪天涯，可是過了沒多久，經歷了些苦難，在愛情的美麗光暈消散之後，她後悔了。兩人大吵了一頓之後各分東西。她現在正在尋找回家的路上。她求我們幫她回家。

那時我發現在她看諸葛巽的眼神中似乎流露出了些許異樣的光芒。我不禁想：她之前的愛人也是這種流浪的過客嗎？是否這一生她終其一生就注定追逐這種異鄉的浪漫與不適合的戀情嗎？

諸葛巽想了想，跟著也說了一個故事：

當年，突如其來的，她，帶著劍闖入我的生命裡。我和她是因劍而相識最後也因劍而分離。我跟著她學劍、練劍，然而慢慢的對於劍術的領悟有了歧異，終於爆發爭執，就此分手。

我很久以後我才了解，其實是我太在乎她，所以一心想在她熱愛的劍術中求得肯定、求得她的傾慕，想想其實是本末倒置了。

而自從失去她，我也不再練劍了。

聽完這故事我不禁問：「你不曾想過回頭？」

諸葛巽幽幽一笑：「很多事情已經不能回頭，」他轉頭凝視著那女人：「所以，妳有沒有想過再回頭？」

「帶我走！我願和你浪跡天涯！」

諸葛巽搖頭：「我們倆是沒有未來的。」

那女人哭了起來，我實在不知道該怎樣面對這樣的場面，轉過頭去正想悄悄離開，走沒兩步卻只聽到呀的一聲慘叫，慌忙回頭，只見諸葛巽倒在地上，胸口一片血，那女人驚慌失措，轉身飛身離去，這時我才知道她身負武功。

我慌忙地跑到諸葛巽身邊，扶起他想要探視他的傷口，被我這一扶，諸葛巽也醒了過來，氣息微弱的說：「別碰我。」

我停下手，血卻仍然不停流出，不久巽又昏了過去。我慌慌張張的鬆開他的腰帶，想脫去長袍看傷口。一碰到他的胸膛卻覺得有異。巽並不胖，胸口卻很柔軟。

我腦袋一瞬間變成空白。

——「竟然還是這樣天真？」上次遇到的那個強盜竟然又再這時候跑了出來，一個念頭突然在腦際閃過，一股惡寒直從背脊裡竄了上來。莫非這從頭到尾都是個圈套？果然那女人隨後也從遠方飛奔而來。

我悻悻然看著那女人，那女人被我的目光看得低下了頭，隨即又像想起什麼似的抬起頭來，眼神變換之間，似乎心中在掙扎些什麼？

那強盜。不、該說是殺手一步步的靠近。我呼哨一聲，抽出板斧。

殺手笑吟吟的走了過來，渾不在意的一刀擊飛我的板斧，踹倒我，舉刀作勢下劈之時，草叢聲響，小虎狂吼一聲跳了出來，咬住殺手手臂，將他撲倒在地。

「救我！」那殺手慘叫一聲，那女人拔出匕首正遲疑間，我急忙拉開小虎，那殺手慌忙連滾帶爬的逃去。

如果可以的話，我也不希望小虎傷人。雖然別人眼中小虎可能是令人畏懼除之後快的猛獸，然而在我眼裡小虎永遠是那一隻無父無母的可憐小貓。尖牙與利爪怎麼敵得過人類的狡詐機心？逃亡之初我就刻意的疏遠小虎，不過今天居然還是要靠他救命。人類為什麼總比猛獸還要可怕呢？天下之大，難道沒有容身之處嗎？

我面對那女人。

「妳說妳愛巽，那也是假的嗎？」

女人的眼中閃過一絲哀傷：「他欺騙我！」那女人咬牙道。

「妳也只是個渴望被愛的可憐人。不過，愛不就是該付出、無怨無悔嗎？」我衝口說出這些話，隨即便後了悔。其實我不應該這樣指責她的，每個人都有每個人的苦！

「你根本不懂！」那女人眼角迸出淚珠，拋下匕首，一個巴掌甩了過來。

我的臉上一陣熱辣辣的，但看她哀傷的樣子，我又心軟了，於是摸摸臉頰不再理會她。蹲下來用手探了探巽的鼻息，隔著衣服匆忙包紮的傷口，雖暫時止住了血，但還是得盡快找個醫生才行。

正想怎樣移動巽的身體比較好的時候，那女人一個彎腰，雙手一穿一插，輕輕巧巧的把巽從我的手中接過去。

「我知道有個地方可以救她。」那女人轉身快步而去，我急忙擔起貨郎架，緊緊跟著。她帶我們到就近一處諸葛世家的別苑，卻聽到一個令人訝異的消息。

「巽早在九年前就死了。」別苑主人聽完我們的請求後搖頭說道：「我不救陌生人，你們去找別人吧！」主人揮一揮手就要轉身入門。那女人見狀大急，抱著巽的身體就要強闖。主人怎由得她放肆，右手一橫一拍，就震飛了兩人。

我正想該怎麼辦的時候，卻聽得主人「呀！」的一聲輕嘆：「莫非是她？」一個前躍，後發先至的搶到那女人身後，一手扶穩那女人，一手往那女人懷中抱著的巽腰帶下一探，取出一方玉珮。盯著玉珮沉吟一會，轉身開門道：「你們進來吧！」

——主人在內廳處理好了巽的傷，出來和我們說了一個故事。關於巽當年和一個外號默塵的女劍客的故事。

前半段和巽說得差不多，只不過結局有點不同。兩人分手後，巽懊悔不已，於是浪跡天涯，尋找默塵的蹤跡。旅途的最後，孤身一人阻止了黑山寨的劫村，卻也傷重而死。

主人拿出一方托盤，上面有一套換下的血衣、玉珮以及一本冊子。

「這是她身上的東西，等醒來後再交還給她吧！」

我好奇的拿起那本冊子，打開來看，那是題名諸葛巽的手稿。前面有些關於劍法奇術的記載部分已經被血染污，無法辨識了，反正我也看不懂，所以我直接翻到後面，那是一些零散的散記，最後一頁有些不同的筆跡……

**路人甲——其實我們都是**
*Nobody*

彩墨
*Aquarene 60×85cm*
*2014*
*Forn Lin*

# 第二部分

拔劍四顧心茫然

# 諸葛巽手稿

——我不是童話書中走下來的王子，妳要的毀滅般的熾烈愛情我做不到，就這點來說，我很清楚的知道妳不愛我，妳要的從來不是細細如水。妳守著妳自以為是的愛情，高高在上的從來不願接受我。接受我，包括我的不完美。

可是對我來說，愛就是不完美的，就是去接受另一個人，相信另一個人。我或許很容易受到誘惑，或許不夠體貼，可是這就是人，一路走到現在，妳一直在我心中最重要的角落，只是妳從來不願相信。

可是我沒有放棄。我一直想，如果讓我用一輩子守著妳是不是勉強可以當做是一個證明呢？

我累了，我很想妳，而妳在那裡？

——我已經記不清楚當初我們是為了什麼理由爭吵。

「什麼是愛？」我只記得這最後的一個句子，失去妳，我開始流浪，心裡只剩一個不死心的念頭：如果有一天我終於找到了愛的真諦，解答了這個問題，我就可以重新擁有妳。

我問過無數人這個問題，沒有人可以給我一個完整的答案。我不知道該怎麼說服妳，怎麼樣證明我的愛。我只有等待歲月、等待奇蹟。

我出身諸葛家，卻仗劍聞名江湖。卻只是想找妳，追尋著妳最愛的劍道足跡，我期盼有一天妳會在某處聽見我的名字，會再一次記起我，以及曾經有過的美好過去。

拔劍四顧心茫然，妳究竟在那裡？

——原諒我終於要先一步而去，死兆之星在白天都顯得如此清晰明亮，這一次我受的傷，大概是好不了了。

關於劍我走得太遠，於江湖我走得太深，已經有了另一層跳脫不開的責任，我不是害怕死，我害怕的是失去妳。死後的世界太渺茫，而現在至少，我還可以想妳。

有個秘法，據説可以讓身體化為鐵石與天地同朽。不知道真的假的，不過這是我能夠留下來的最後一個證明機會了。

一定會有以後，我拿鐵石心腸鎮守著愛情，留給妳一個回來的原因。

給我一個以後，淋著時間的雨我寸步不離，你是我留不住的生命裡，盡力強留住的唯一。（註）

——默塵補記

經過了這麼多的路我才明瞭，原來你將我最初的乞求聽成了質疑。愛讓我們都失去了自信，屈服沉醉於對方的一舉一動裡，猜測對方的心意，卻忘了表達、表達出內心的感受。

一直沒有機會告訴你，我是如此的深愛著你。

其實，我想要的，只是一句肯定的：「我愛妳！」只是……

---

註：這次引用歌詞如下——動力火車的〈鎮守愛情〉。

**虎虎可憐**——願你不變

*Lovely tiger*

彩墨

*Aquarene 60×85cm*

*2014*

*Forn Lin*

# 第三部分

## 日子還是得過下去啊

魯大可

——坐在院子裡看星星。那女人一聲不響的也坐在旁邊的階梯上。

看完諸葛巽的遺稿，讓我們都陷入沉思。

「聊聊妳的事吧！」我企圖打破沉默。我看著她寥落的樣子，突然覺得既然兩個人都經歷過這些事了，是不是應該要多了解一下。

「我一直沒問起妳的名字呢？」我説。

「諸葛巽不是諸葛巽，我是誰有有什麼重要的。」她牽動一絲嘴角的自嘲式苦笑：「我只不過是一個路人甲罷了。我的人生，早就已經結束了，這輩子注定是個沒名沒姓的路人甲。」

「重新開始吧！誰不是背負著些不堪的過往呢？」我也苦笑的

看著她。

是啊！朝不保夕的，日子還是得過下去啊。

金剛——給我一個以後
*Diamond*

彩墨
*Aquarene 60×85cm*
*2014*
*Forn Lin*

我不是害
怕死我害
怕的是失
去她 死後
的世界
太渺茫
而現在我至
少我還可
以想妳
有個秘法
據說可以
讓身體化
為鐵石與
天地同行
只知道
真的做的
不過這是
最能夠
留下來的
最後一個證
明機會了

# 我讀青春夢及其後夢

許春風｜著

評

——很喜歡文中的這句話：**很多事都在墜崖的瞬間才能真正領悟。**

人被逼迫到墜崖是一種怎樣的境況？是進無可進、退無可退？是人世再無風月可期？還是另類成全下無可救藥的唯美浪漫？

敘事中的「我」最後在〈曲目十〉縱身一跳，我的心裡頓時被跳撞出一個大洞……。

## 青春夢

這是一個十分簡短又飄渺的故事，也許簡短，才能顯現青春的倉促，也許飄渺，才足以成爲一場夢，而且，正文很鮮巧地借用創作歌手張洪量二〇〇〇年發行的同名專輯《青春夢》爲名，其中的十首曲名作爲十個小章節段落組織架構而成。歌，落拓蒼涼，故事，孤獨而無所終；歌，有嘶喊的聲浪，故事，有十分安靜的霧靄。

人生最美的兩種東西，一是青春，二是愛情，這兩種東西看似可以私有，卻從來不屬於任何人。所以一開頭〈曲目一〉，男主角心中叫喚偶遇的女主角為「曇花」，一種夜間開放不過兩個時辰的絕美植物，在青春幻夢的氛圍裡，她是難以再見的「曇花」，在現實世界的殘酷中，她卻是和樂師一對的煙花女子「如意」，一個應試無門流離失所的軟弱書生除了成全，只能將「曇花」種植在多年前相遇的那個夜裡。不是等她再次開放，是等她在記憶之中慢慢凋謝。

所以世間沒有可以獨占、私有、不變的事物，即使是被馴養的動物。男主角心心念念總是：「**我們其實都不願意長大。**」〈曲目一〉」、「**如果有下輩子，我和小虎還能重逢，我只能**

偷偷的奢望是我變，小虎不要變。〈曲目二〉」、「可是我半夜驚醒，發覺，我想念的還是曇花過去的那個樣子。〈曲目三〉」……但其實這些都是被清楚知道的濕了永遠不會乾的柴薪，誰可以爲誰保留最初的原樣？我們的青春也是我們自己的「曇花」，在我們懵懂不明的階段開放，迅即凋謝，在來不及馴養的時候，就說再見。小王子和狐狸，小王子和玫瑰花，我們和我們的青春，再見之後可以記住那片金黃的麥色，以及吹過麥田的那片風聲，也是一種幸福。肉體不堪負荷的時候，就要讓心靈自由。

## 青春夢——後夢

男主角縱身一跳墜崖之後，故事就結束了嗎？

還好，作者並沒有「捐棄紙筆，一無所答」，繼十個曲目之後，還有個後夢。

故事轉到男主角離開之後，帶著小虎跟隨雜貨郎四處逃亡，逃亡的過程充滿玄機與禪機，青春夢醒之後，男主角成爲另一個故事的旁觀者，而雜貨郎不是雜貨郎，路人甲不是路人甲，劍客的故事也不是劍客的故事，男人爲了鎮守愛情可以化爲鐵石，雜貨郎深深相信「堅持的本身就會帶來報酬」，但是，堅持眞的可以帶來報酬嗎？

假如說，小說是作者心理活動的演繹，那麼，讀者心理的折射就可以說是作者的成就了。相互合作開始，也許是不錯的建議，雖然那難免又是另一種馴養關係。

最後祝福作者，可以早日擁有那個甜甜的夢，那個可以結廬人境、漁樵耕讀、與妻偕老的，簡單的美夢。

2014／11／03

# 跋

同學會

施百俊｜高普

D51 ｜呂素慧

諸英｜梁哈金

吳文男｜酷比可

許芳慈｜林起風

語廷｜徐行｜奇魯

共同演出

——某天，奇魯的朋友們接到了奇魯寄出的第一本新書，並且約了時間要辦個新書發表會，希望這些寫作路上結識過的朋友們能蒞臨捧個人場，其實像奇魯這樣從沒有文學獎或文壇大老加持，也沒有培養出廣大網路讀者的無名作家，新書就算辦發表會，會來的也就只有自己朋友，本質就是個同學會。

就當來參加個同學會吧。這些話奇魯也都寫在隨書寄送的卡片中先和朋友們說了。

到了發表會那天，到了會場，所有人都嚇了一跳，因爲那是個告別式的會場。

會場中央擺了靈柩，前面圍了一圈椅子，幾個穿黑色制服的殯葬業者穿梭其中，招呼來訪朋友們在那一圈椅子上坐定，並且詢問等等需要什麼飲料或點心。這些朋友們都是奇魯寫作路上不同階段認識的朋友，彼此間未必認識，有些彼此認識的還可以三三兩兩的攀談，有些誰也不認識的就只能面面相覷，但都到了現場了，基於對死者的尊重，總是要參加個儀式，等結束再走。

等時間到，一個三十幾歲的滿臉倦容但還要強顏歡笑的男子，匆匆走進來，介紹自己說是奇異果出版社的總監叫劉定綱，是這場新書發表會兼告別式的主持人。

定綱：「感謝各位的蒞臨，這是奇魯的心願，希望能和大家聚聚，諸位難得來此，也希望大家來說說話，不一定講對這新書的見解，也可以隨便聊聊，什麼都可以。」

沉默了一陣，溫世仁武俠獎得主施百俊（註1），首先站起來，用低沉哀痛但有著力道的聲調說了一段話：（註2）

**這些日子我一直在想，以後不再寫武俠了。寫推理、言情、社會寫實、奇幻科幻……甚至是純文藝，啥都好。就是不寫武俠，或可能被當成武俠的東西。**

---

註1：施百俊——台客武俠關門人——國立屏東大學文化創意學系教授兼系主任出版小說有《小貓》、《浪花》等等。其餘文創與商業相關專書無數。

註2：以下所有粗體字部份皆爲各發話者現實中寫給作者的讀後推薦文。

倒不是說武俠沒有未來，而是寫多了發現自己出現許多老人病的症狀：自以為是、喃喃自語、憤世嫉俗……這些症狀，如果要給個像 AIDS 般的總稱，那就是「懷舊」，懷舊沒藥醫。

「意淫」（YY）當然不算武俠小說。一部小說能否算是武俠小說，並非以小說中描寫功夫／武林高手來作分別。而是必須關心一個核心議題：「正義」——就像桑德爾所扣問：「What's the RIGHT thing to do ?」什麼是「對」的事，是非對錯可得明白才行。

可惜這個時代，正義變成各說各話的局面——老人武俠所堅持的所謂「美好的傳統價值」，比如「不伸手乞憐」、「殺人者死」、「流血不流淚」、「真劍勝負」……等，看起來非常保守、落伍，也就沒啥必要去寫了。

奇魯和我一樣都是懷舊派（Old School），而且他症狀更嚴重。總是企圖在所有作品中尋找「意義」。（「意義是啥小，我只聽過義氣？」這就是YY。）因此，他的小說評論好，可以算得上我們這輩的前十強。但我也要老實說，拿這套技術來寫小說，很容易犯「概念先行、意義先行」的毛病：故事被放在次要的地位，斧鑿痕跡就明顯，很難作得「好看」。

他說這本書要當作懷舊派的畢業紀念冊，所以就嘮嘮叨叨說了這些。

之後與施百俊彼此熟識，同樣是溫世仁武俠大獎的得主高普（註3）和明日工作室暢銷作家D51（註4）似乎都想站起來說話，兩人互看，向來低調寡言的高普示意D51先說。

D51站起來，面對大家，有點低著頭緩緩地說：

奇魯說，別寫華而不實的溢美之詞，寫些關於青春的回憶吧。恰好華麗的文字正是我最不擅長的項目，寫作這麼多年，講講故事倒還可以。

我十七歲開始寫小說，十八歲和幾個朋友建立了一個網路文學網站，當時台灣還沒有太多類似的站，我們的網站發展迅速，經過一番努力做出了討論區，現在又有誰能想像十幾年前一個網站要架設討論區是件多麼困難的事。討論區功能陽春，不過寫小說的站也用不到多少功能，能貼文能回文足矣。

註3：高普——混搭風類型專職作家。近期作品有《絕地通天》、《鐘鼎江湖》等。

註4：D51——現役輕小說暢銷作家。近期作品爲《墮神契文》。

那時網文界的各路好手都聞風而至，討論區盛況空前，我和奇魯就是在那時候認識的，那時對他的印象是：言詞鋒利、對武俠小說很有研究。

時光荏苒，網站已不復在，我繞了一圈又走回寫小說這條路上，唯一跟年輕時不一樣的是，我學到了「堅持」，由於在明日工作室出版小說的關係，有一年受邀參加溫世仁武俠大賞的頒獎典禮上，實際上是去湊個熱鬧。

屏東教育大學的施教授向我介紹他身旁的一名男子，說是他兄弟奇魯。

十多年了，介紹當时我還沒什麼反應，因為一時想不起來。

隨著頒獎典禮進行，聽得獎者的感言，我也想起很多年前寫武俠的青春歲月。

然後，想起了奇魯這個名字。

這是很奇妙的際遇，十幾年前曾在討論區筆戰吵架，十多年後以這種形式見面。

那天我們聊了很多，很多我記得跟不記得的事情，他是個學識淵博的人這點我從以前就知道了，書讀得多沒什麼了不起，厲害的是都記得住，光是這點就叫我佩服得不得了。

這次他找我讀他的短篇《青春夢》，我實在是開心得不得了，以前都寫小說給他評，終於換我評他。

不過，看完之後我也不想寫什麼評語了，因為這不是面向大眾的小說，這些文字，面向他自己。

我們只能從文字裡去窺探別人的內心世界，而不能加以評論。

我很喜歡跟奇魯聊存在主義，讀《青春夢》，我想他寫的就是自己，一個在江湖隨波逐流，老是在思考存在主義的『我』。

寫小說的人總是會把自己投影到書中的角色裡，創造故事內容來彌補某些自己缺乏的事物。
可能他想流浪卻不能流浪，所以寫飄浪的故事。
我大概也是這樣。

D51講完，和高普換手，高普穿著破破的大衣，即使面對幾個人，也顯得有點怯場的樣子。

> **在踽踽獨行的武俠路上，有一種情調，唯有奇魯才寫得出來。這情調絕不張揚，帶點苦澀，就像一杯不摻糖的黑咖啡，久走江湖難免會喝到。**

高普人看起來寒愴，但說的內容卻意外的頗爲勵志，應該是努力想了很久的企圖替老友新書宣傳的美言。古代儒家說的只會寒溫而已的君子大概就是這樣吧。

接著起身的是一個苗條的女子，身材嬌小，聲調氣勢卻顯得極爲強悍，是經由施百俊和奇魯認識的呂素慧（註5），那時她還是著作等身的言情小說家，現爲健身教練。

她說：

註5：呂素慧——言小筆名文咖。現爲現任 ForMe 教室健身教練。

## 青春是夢，落地成真

我害怕一覺醒來我又變成了小孩，過去半部人生只是南柯一夢。——郭英聲說。

驀地收到「青春夢」，浮現在我腦中的畫面，淨是不堪——急於逃脫的原生家庭；嫁給並不適合為人夫、為人父的前夫；徹夜伏案寫作、編織始終沒成真過的羅曼史；一個人雙手養育兩個孩子……最後，再一個人品嘗健康衰敗、身體失去控制的苦果。

我一直以為，青春該會像朵花一樣，時日到了，自然會芬芳滿園、蜂來蝶擁。焉知埋頭走了一遭，才曉得青春不過是海市蜃樓，南柯一夢。

青春是夢，是蓋茲比苦苦遙望的燈火輝煌、燦如星夜。實際走往，才發現它不過是半屏山旁水泥工廠的燈火通明。

那瞬間，我才醒悟。

睜開眼，發現自己手上，什麼都沒有。

沒有青春、沒有時光、沒有豐沛的人脈、沒有可以依靠的良人。

更慘的是，我還失去了健康。

直至夢碎，我才理解上天的恩典。

祂從不吝於給人重新來過的機會。

是的，我不懷舊。過往的一切毫無讓我緬懷流連的美好。它盡數化成沃土，滋養已進中年的我。青春的揮霍，讓我明白何者才最真實可貴。

夢醒、落地，一切才真實了起來。

呂素慧對奇魯的死顯得怒氣沖沖，相較於自己，奇魯有從小捧他爲寶的原生家庭，一個人沒結婚自在逍遙，沒受過什麼苦，也從不想擔負什麼人生責任，這樣的人怎麼沒多大歲數就先死了？她說完走到靈柩前，將書狠狠地砸在棺木上，然後流下淚來。

施百俊和幾個朋友起來輕拍肩膀安慰她，將她勸離回坐位。同時另一個戴著眼鏡的中年男子默默站了起來，是編劇諸英（註6），年輕時也寫過武俠小說。

註6：諸英——現任電視編劇，之前著有《三皇眞龍圖》、《諸羅奪寶》等。

我好像一出生就直接跳到成年後的這個年紀了。

這當然不是事實，因為我有回憶，我零零星星的可以回想起一些小時候的事情，只是越久遠的越不真實，說不定有一部分是我的夢境。

最近在臉書上找到幾個國中同學，開了一個社團，談起國中唸書時事，各人貼上自己保有的照片。提起往事，有很多人彼此對對方腦中的回憶完全沒有印象，即使那件事情他是主角。

往事需要不時回憶，才能成為記憶，回憶的過程如果有誤失，記憶就會有出入，但卻會成為腦中真實的過往。我認為重要的事，對方不一定覺得重要。他不再回憶，不想回憶，沒什麼好回憶，那個年紀的他就這樣消失了。

我的未來不是夢，可我的青春是一場夢。

懶得數是幾年前了，那還是網路撥接時代，上網貼文，寫寫小說，發發牢騷，是那時發聲交友的方式，也是網文最發達的年代。當時認識了許多此間同好，奇魯是少數幾個至今仍活躍網路，寫作不輟的朋友。金庸在「金庸作品集」台灣版序中提到，人生有真善美三種境界可以追求，印象中奇魯是很真誠的朋友，所以大家都愛找他評論，希望得到他的評價。如今他的青春夢即將付梓，讓我得以有一窺他美麗境界的機會。跟「我的青春是一場夢」一樣，看完有一種淡淡的無力，莫可奈何，早已注定，義無反顧的感覺。

我很喜歡一則伊索寓言，內容是說有一隻蠍子要渡河，請青蛙幫忙。青蛙不肯，擔心蠍子偷螫他。蠍子說這怎麼可能，我要是螫了你，自己豈不是要淹死？青蛙聽了有理，於是答應。沒想到泳渡到一半，蠍子竟然還是螫了青蛙。青蛙全身麻痺，即將滅頂，臨死之際，不解問蠍子：「為什麼？你也活不了啊？」蠍子無奈的說：「因為我是蠍子啊！」

蠍子說其實指奇魯有幾年在網路寫評常得罪人的事。

接下來站起來發言的是一個剃著極短平頭的梁哈金(註7)，說著自己的青春和以及去年和奇魯的相遇：

註7：梁哈金——溫世仁短篇二獎得主。作品〈心魔〉。

我討厭我的年輕時代。討厭中學，討厭大學。討厭九零年代。

我差不多過了三十歲，才開始過著快樂的日子。大學的時候我都在聽爵士樂，我特別鍾愛Lester Young。他用沙啞的聲音來吹薩克斯風，是那麼的氣若游絲，卻又纏綿悱惻，迷死人。

迷死人。迷到一代爵士女王Billie Holiday，都叫他總統大大。

Billie Holiday跟Lester Young死在同一年。這真是個非常溫馨的消息。兩個知己死在一塊。雖然並不見得同月同日，但是想著還是很溫馨。你如果聽過他們兩個合作的那些飄飄然好像在調情的歌曲，你就會跟我一樣篤定：他們真的是一起死了的好。

雖然很羨慕，但我大學時是沒想過可以跟誰死在一塊。我知道有些人動過這種念頭。並不是每個年輕人的天空都是一片蔚藍的，有些人是非常非常深的一種藍。我的還發黑。儘管如此，要跟誰死在一塊，對我而言還是很困難，其一，要找到知己，其二，你要願意跟他死在一塊。而大學的時候我只想著要早死。

中學更糟。讀著不擅長的第二類組，物理永遠只考個位數，化學三四十分，每次發成績單，都是揚州十日，嘉定三屠。苦悶的學校，朋友沒幾個，人長得醜，也交不到女友。我的人生怎會過成那樣。無止境的悶。

在世界變得很難熬的時候，人們就會尋找美好的烏托邦。老子因此寫出了小國寡民的理想，陶淵明因此寫出了《桃花源記》，曹雪芹寫《紅樓夢》，而我投入武俠小說。我在三年內，把金庸的武俠看過五六遍，古龍的十幾部重要作品看過三四遍。看了又看，看了又看。不想面對人的時候看，不想面對功課的時候看。想要時間趕快過去的時候看，想要世界毀滅的時候看。每天下午放學，蹺了補習班，蹲在學校附近的一家漫畫店，就開始練功。老闆娘長著一張圓臉，雖然很少有好臉色，卻偶爾會對我笑一笑。雖然我往往看四本只給一本的錢，她也不趕我，大概心裡覺得，這小子不在我這裡看書，恐怕會去其他地方做壞事吧。

那時除了武俠小説，就是偶爾給某個女生寫信。當時心裡肯定是喜歡著她的，但是自卑感讓我無法把情感往前跨一步，也無法把腳往前跨一步。我只是跟她寫信，講一些有的沒的。扯一大堆有的沒的。用我新模仿的柏楊和金庸的筆法，講我的故事，要我的二流幽默。我們那個年代沒有手機，沒有MSN，連email都沒有，卻可以從對方的字跡中看到音聲笑貌。寫了信，趁她不在位子上，偷偷塞進她包包裡面。然後等著甚麼時候，她把回信夾在我課本裡。

那是一種很奇怪的感覺：我們見面時是不太聊天的，不講電話，甚至不太看對方，但是寫信的時候卻很熟悉。而等她的回信，也不知是要等甚麼？難道我要藉著寫信來追求她、博取她的好感嗎？當時有可能是這麼想的。如果我曾經這麼想，那還真是蠢到爪哇島。我居然相信文字可以擄獲一個女孩子的心。

這一段「友情」當然沒有任何結果。結果就是畢業了，我們連信都沒有了。她的大學就在我的隔壁，而我們四年見不到兩次面。

你問我原因，我說得出來的只有：我大學比高中還要悶。我從武俠小說的世界，掉進了宗教、籃球與爵士樂的世界。這三種世界都不會有她。只有男人、無所謂男人女人、及死人。而最終，我又因為覺悟而離開宗教，體衰而離開籃球，重生而離開爵士樂。

終歸一無所有。

前幾年回去，高中的舊校社已經剷掉了。在那個地方蓋起了一棟聳立的大樓，直挺挺地把我高中的回憶椿碎在地底。

但也沒有甚麼遺憾麼其實。畢竟我高中過得很不快樂。我比較搥胸的，是漫畫店竟然收掉了。我以前都想著總有一天如果我成名了，我會帶著記者去拍那間店，跟胖胖的老闆娘合照的。而他竟然收掉了。完全一點面子都不給。

然後我從七歲一直住到十八歲的房子，也被我爸賣掉了。

高中筆友嫁了。我生命中第二個愛上的女人，死了。

還剩下甚麼呢？我慌張地將從小到大的照片相簿，一本一本帶到現在的住處，以免被家人當作舊物扔了。還有畢業紀念冊、魯迅的《墳》、小學中學的所有成績單，以及一本香港六零年代出版的《素心劍》。也就是後來的《連城訣》。

然而，我只撿了時間的破爛，其實甚麼都一去不回頭了。以前我一年總會把「飛雪連天射白鹿、笑書神俠倚碧鴛」從頭到尾複習一遍。但是碩班之後陷入了論文的泥淖，每天只看一堆跟論文有關的書。小說？

再度看武俠小說，是碩論寫完的時候。心想，太好了，終於可以重溫高中時的快樂時光了。拿起《多情劍客無情劍》，邊看卻邊覺得他這裡寫得太奸巧，那裡太混，這裡明明就是沒梗了，那裡的寫法是要唬弄誰。我不信邪，拿起《絕代雙驕》也這樣，拿起《天龍八部》也這樣。

於是我知道，在還沒意識到的時候，我甚至連本來就沒有多少的青春都已經失去了。

它們到底被我遺忘在哪個角落裡？

前年，因為實在太窮，我將一篇寫好玩的小說，細加修改，拿去投了溫世仁武俠小說大獎。結果不小心得了短篇第二名。

頒獎那天，我一個人都不認識。典禮之後要一起去吃飯，我拿了會場的一本書，找了一張椅子，眼睛瞪著那本書，書上的文字瞪著我，我們彼此都不認識，它們也無論如何走不進我的腦子裡面。就是一頁一頁的翻，跟每一個字互青。

突然有個人走到我旁邊，跟我說：「耶你好……」

我一抬頭，就看到奇魯帶著笑容的那張圓臉。

梁哈金大概是這一群人中最晚和奇魯認識的，所以沒見過他年輕更不堪的樣子。

接著是奇魯在海洋大學文藝社時認識的學弟吳文男，認識時他還是社團最年輕的一個男生，雖然沒差幾歲但大家都叫他小男，感覺永遠就是個年輕小子，但現在也已經是地震學的博士了。他不用筆名稱呼奇魯，用的是本名。

**青春，像是個難忘的情人。分開越久，越想念，更糟的是想的都是他／她的好。**

**與修湇相識約莫在二十年前的大學社團。不過，那時，他像**

個幽靈一樣，在社團留言簿留言的時間都是在深夜，神出鬼沒，沒幾個人見過他的本尊。原來，他是在夜裡做完實驗，才到社辦寫留言。

後來，社團流傳一本印刷簡單的文本。那是修湆送給大學同學的禮物，一本他紀錄一些與大學同學閒談或是生活感想的冊子，是修湆自行排版自費影印的。我看到冊子後，感動莫名。曾幾何時，你周遭會有個朋友，冷眼看世，卻隱隱地珍惜彼此之間的友情？

修湆愛武俠，眾所皆知。透過修湆，我才開始領略溫瑞安筆下人物的溫度。溫瑞安是個用生命寫作的人，修湞不也是？

這好幾年來，修湞一直持續看小說、寫小說，近來更是開始談小說。我由衷佩服他，因為看小說、寫小說這種文藝青年做的事，對於非文藝專職的中年大叔是很難當飯吃的。

修湞有時自嘲是個魯蛇，沒得過什麼文學大獎。我卻想說，修湞哪需要什麼文學獎的肯定，他的文字早就是一種獨立於文學獎外的風景。

修湞的文字，溫暖、讓人省思，縱然有時只是一般生活瑣事雜記。

現在修淯想要把過去的文，以「青春夢」為主題出書，邀請友人幫他寫推薦序。老實說，我現在只是個工作閒暇時看看電影台裡電影的普通老百姓，過去十年內看過所謂的文學類作品的書沒超過五本。另外，我是個開始感受到中年危機的大叔，也很久沒有做過春夢了，所以我根本沒資格寫什麼推薦序，尤其還針對「青春夢」這個主題。

修淯說，大家隨意寫，或長或短，或相關或無關，都可以，這就是修淯的風格啊。為人隨和，反應在文章風格上，就是結構不佳。不過，不管是小說或散文，只要能打動人心的，就是好作品，管它結構好不好。

修湞說，他想要的概念有點像同學會。其實，我也不太懂他所謂的同學會的概念是什麼，因為我不喜歡參加同學會。

只是，突然，我想起，那時大學社團玩的一個遊戲：寫作班。

在寫作班裡，有時大家就針對相同的主題寫一篇文章，然後互相批文。那時，我是個小菜鳥，忙於各種活動，寫作班的作業經常沒有繳交。

喔，其實，那時，二十歲的我，最重要的是想著我的100%的女孩。

修淯的「青春夢」其實只是一個催化劑。我彷彿看到修淯那老實的臉卻配上狡黠的笑。

你可能根本不想知道修淯的青春夢，可是看到修淯的「青春夢」，你已經不知不覺地想起你的青春過往。

高招啊，修淯。誰人沒有過去啊？誰都該有個「青春夢」。

文男講到此顯得因哀傷而啞口，同時期文藝社的學長，出過幾本斷頭書卻像富奸一樣叫死忠讀者持續盼望很多年的傳奇曇花作家酷比可（註8），遞了杯酒給文男，接過話來：唉！喝吧，說這麼多做什麼？來，乾杯。接著乘著醉意說了一段話：

也許，而立之年，正是緬懷青春，遙想年少輕狂的黃金年歲。青春好似一杯酒，初飲略顯薄澀，經過歲月洗練，那蒸發後，所有好的壞的、依戀的、不捨的、不甘，都濃縮成了泡沫般香氣宜人的滋味，然而，欲飲已不可得，只能留給夢中回味。

大叔們總愛談青春，我們青春的年代，正是小虎隊的青蘋果樂園正夯，四大天王正紅，而我們文藝青年的血當熱，左抱卡爾維諾右持村上春樹，風花雪月，談著作家魂。

而這個夢，修湑從未放下，作家魂魄燃燒了二十年頭，終得一冊書寫著屬於他的青春夢。

作好心理準備了嗎？

---

註8：酷比可——著有好寶寶系列，未完。

和奇魯年紀相差不多的大叔們的青春感慨都說得差不多，一位年紀小很多，瘦得彷彿雨中穿的許芳慈（註9），站起身來，彷彿是應答著酷比可的耽溺，充滿正氣的說：

**俠與情，令人永懷惆悵、令人生死不渝。作者奇魯藉由武俠的形貌，以感覺式的抒發，讓情感悲懷自然流瀉。叫人再思何謂俠情。**

許芳慈雖然看起來弱不禁風，但認識久一點的人都知道個性不讓鬚眉，極為正氣，在這個時刻，她彷彿努力想維持著某種喪禮上該有的莊嚴。

但說完受委託替這本青春夢繪插畫的林起風卻站起來，說：

村上春樹說：「選購內褲，把洗過的內褲摺好整齊地放在抽屜中，是一種小確幸。」我說：「不想看內褲的朋友大可觀賞這本罕見的好書，而且不用洗。」

林起風筆名癲瘋，大概受不了太正經，於是忍不住出言調侃。

註9：許芳慈——奇幻及兒少作家。曾得過九歌兒少文學獎首獎。

兩人發言不太對盤，氣氛顯得有點僵，芳慈一位擔任編輯的學姊語廷出場企圖打個圓場，快速地接重新起了個話頭，聊聊她對這故事的看法：

在生命最燦爛的青春時代發了一場夢，到夢醒之際，總不免感傷。

也許是感傷年少輕狂，天真無知；也許是感傷歲月易逝，虛擲光陰；也許是感傷做錯了什麼，或錯過了什麼。

總之，終有一天，我們會懂得後悔，懂得有些事情再也挽回不了。

而奇魯在《青春夢》裡卻告訴我們，某些事情，從來就不必後悔，「挽回」從來就不必是選項。

《青春夢》正是這麼一個關於執著、癡迷與純愛的故事。整個故事帶著微妙的壓抑而朦朧的氣息，儘管敘事者與角色都說了許多的話，但他們（包括敘事者與角色）最深層的思緒與情感，卻埋藏在文字無法觸及的深處，令人讀來彷彿抓住了些甚麼，卻又說不出個所以然來。

這就是人生——起初，我們以為每件事都有其道理；後來，我們開始理解生命中愈重要的事情，就愈是沒有道理，但到了最後，我們會明白世間萬事萬物確實有其道理，但我們無法理解，也無法說得通透。

青春夢，夢的是青春還是人生？

最後，剩下一個人還沒發言，是溫武長篇首獎《跖狗》的作者徐行（註10），《跖狗》是奇魯最喜歡的一部溫武得獎長篇，沒有之一。徐行十分年輕，長得卻比實際年齡更年輕，光看外貌就只是個天真的小妹妹，但筆下故事卻是沉鬱迭盪。

一路以來她都是靜靜地一個人坐著，但此刻只剩下她還沒說過話，所有目光都指向她，她只好站起來很害羞的說：

註10：徐行——溫世仁武俠大獎長篇首獎，作品《跖狗》。

（奇魯）十幾年前寫的時候應該跟我現在的年紀差不多吧？是嗎？感覺主角常常自己說話又自己反駁自己。我平常也覺得事情有很多面向，所以不隨便評斷別人，也不隨便跟別人說什麼深入的話，告訴別人應該要怎麼樣，不過小說可以隨便罵人沒關係啦！

其實我的感想通常都雜亂無章，正文和後傳我都看完了，就讓我隨便說點話吧？

我覺得第一章有點怪，女生怎麼會一個人在晚上的荒涼路邊跟陌生人哈啦？內容是什麼？（唉呀、好介意！）

冷楓說的溼了不乾的東西到底是啥？後面怎麼沒交代？（我天資駑鈍，是指長青苔嗎？人生的負累之類的？）

伏筆埋得有點深，我剛看完還想：咦？諸葛設的陣最後沒用上？後來發現主角跳崖的部分好像是陣法的幻術。

我覺得被救的人不想被救的梗有點有趣。但我覺得人可能是無法「被」拯救的吧？

徐行彷彿是對著已死的奇魯不斷提出問題，可是在場已無人可回。

但這時棺木中傳來聲響，摳摳摳，然後棺蓋被推開，奇魯坐直起身，望向諸人，露出一個不好意思的笑。

「啊！你沒死！」衆人驚呼。

「不，我曾經死了，人家說作品寫完之後作家就死了，所以我死了。」

「那你怎麼又活過來了？」

「在有讀者閱讀的時候，作者就又活過來了。」

幾本書同時往奇魯臉上砸過去。奇魯雙手護頭擋過，叫道：

「等等，先讓我和徐行講完。

出這書我自己回頭看是有點害羞的，小情小愛的東西現在不出未來更拿不太出手，現在出有點此情可待成追憶的意思。出書，是爲了告別、告別青春。

正因爲妳現在的年紀和當時我寫作這文時的年紀差不多，所以妳的問題對我是更有趣的。我只能想像這可能是妳我成長差異。我是個寫東西很擰的人，如同施百俊說老愛在理應說故事的小說中找意義，但我要辯解一下，我眞正想要說的是情緒，是夢般的情緒，正反辯證叨叨碎碎只是表象。

女孩子晚上不會和男人攀談，這問題妳問倒我了。其實我是男生，但就算是大白天，我也從沒有和陌生的女孩子攀談過。

可是其實男人啊，總還是會想搭訕啊！所以只能幻想在夜裡被女孩子搭訕，聊齋之類的故事，書生遇女鬼不是常見的情節嗎？而這些女鬼女妖都比人像個人。

至於合理性，我倒眞沒想過，我想這和成長時代環境有關，我活在封閉單純的鄉下，以前放了學，我一個小學生是單獨四處亂跑，去田裡去同學家，沒想過啥安不安全問題。所以我總以爲，存在著更早更純樸的環境，人和人之間是可以不要這麼充滿戒懼的。何況小說裡，主角是書生，如意是比他更見過世面，或許還有些武藝傍身的江湖兒女。所以我一廂情願的寫出這樣場景。

至於，濕了不乾的東西是冷楓的心，一直不停地流著淚。這樣說白連我自己都好害羞，超狗血的吧。

最後關於被拯救，我想主角還是想要被拯救的，傳說中的一哭二鬧三上吊，不就還是希望被拯救？」

「討論說完了嗎？」酷比可問：「討論說完，作家你又可以死了。」

「不，你已經死了。」一向冷靜的高普此時擺出北斗神拳的架勢，眼角帶著殺氣說。

不待奇魯解釋，幾個男生上前把奇魯壓住，要塞回棺材中蓋上棺蓋。奇魯奮力掙扎，喊道：「芳慈你心腸最好了，救命啊！」

芳慈此時叉著腰，指揮著幾個大男人冷冷說：「哼哼，告別式結束，接下來該送火葬場了是吧！」

「阿彌陀佛。」眾人合掌。

「嗚哇啊……放我出來……」

奇
魯

2014／11／3

# 後記

好些年前在苗栗參加個講座，主講苗栗文學獎的得獎人，四十幾歲的大姐，講她的客家文學尋根。我一直沒有太多客家的族群意識，所以聽她講他對客家文化的保存挖掘等等，我不太以爲然的樣子大概表露於外。會後閒聊時主講大姐拉住我的手盛意拳拳說（因爲好像沒其他聽衆）：「等你到四十歲，你會發現你開始想尋根。」

我一直記得這預言，雖然我連大姐叫啥我都忘了。現在也四十好幾，慢慢有點懂她的意思了。那是鄉愁，但鄉愁不是眞正想回到故鄉。米蘭昆德拉對這有極爲漂亮的說法：鄉愁，是回歸的慾望不能被滿足。

可是回歸什麼呢？

最近看一齣客家文學劇誘發了我的鄉愁，因爲片中客語發音和我回憶的腔調有些有點微小差異（其實也未必是瑕疵，客家話腔太多，也許是另一地人的發音，也可能根本是我的發音不正確），但正因爲不一樣、回不去，所以勾動鄉愁。

尋根，或許未必是眞的理解挖掘過去，而是尋找一個幸福的想像。

我的故鄉可能不同於每個我同時代同區域人的故鄉。

我眞正的青春夢，或許也就是年輕時想像著如今這場紙上的同學會。

與這十幾年來寫作路上的文友。

謝謝你們。

小文藝 002

# 青春夢

國家圖書館出版品預行編目（CIP）資料
青春夢／奇魯作. -- 初版. -- 臺北市：奇異果文創, 2014.12
面； 公分. --（小文藝；2）
ISBN 978-986-91117-2-0（平裝）
857.7　　103023307

作者｜奇魯
插畫｜林起風
美術設計｜繁花
總編輯｜廖之韻
創意總監｜劉定綱
行銷企劃｜宋琇涵
法律顧問｜林傳哲律師／昱昌律師事務所
出版｜奇異果文創事業有限公司
地址｜台北市大安區羅斯福路三段 193 號 7 樓
電話｜（02）23684068
傳真｜（02）23685303
網址｜https://www.facebook.com/kiwifruitstudio
電子信箱｜yun2305@ms61.hinet.net

總經銷｜紅螞蟻圖書有限公司
地址｜台北市內湖區舊宗路二段 121 巷 19 號
電話｜（02）27953656
傳真｜（02）27954100
網址｜http://www.e-redant.com

印刷｜永光彩色印刷股份有限公司
地址｜新北市中和區建三路 9 號
電話｜（02）22237072

初版｜2014 年 12 月 20 日
ISBN｜978-986-91117-2-0
定價｜新台幣 290 元

青春夢

奇異果